詩藏無盡

由少年而青年再至中年，以詩為槳划在生命之河，
或許清麗、或許哀樂，但總無盡，只要詩心仍在，
生命將滿是詩意。

妍音·著

生命是一首詩——
談妍音的「詩藏無盡」詩集

王希成

在生命之河，不能免的會遇見湍急，會順流而下，會靜止不動，有時也要逆流而上。也許在當下因為當局者迷，困在一個自我認為的固執角落，進入了象牙塔，然而隨著生命之河的流動，生活歷練的增加，人事困頓的折磨，情感的波折，喜怒哀樂，貪嗔痴迷，終究會跳出那個局限的小格局，放大放寬一切，冷靜而清澈如一面鏡子照見自己。

妍音是個單純、多感而充滿童真的人，除了散文與短篇小說，長年來一直在兒童文學的領域默默耕耘創作。已經出版相當多本優秀的作品，如散文集《關心只為長守候》、《不想她，也難》；短篇小說集《能飲一杯無》，以及兒童文學《酸酸甜十七歲》、《無敵女孩gogogo》、《賣麵包的女孩》，旅遊筆記書《姊姊妹妹遊台灣》、《螞蟻兵團逛東瀛》等。

然而她一直維持著寫詩的熱情，從少年、青年到中年，以詩來觀察、記錄、描繪各個時期的自己，當個生命之河的舟子。強說愁聽雨歌樓上的少年，有生命哀樂歷練，聽雨客舟中的中年，整個生命沉澱過後的省思，自有一份清明和秀麗。

這本《詩藏無盡》就是妍音生命之河的歌聲，詩集也因此分為三大部分，第一卷「少年詩趣」，第二卷「青年詩情」，第三卷「中年詩心」。與一般依題材類型分為旅遊詩、田園詩或社會詩不同，也與按詩的性質分為抒情詩與寫實詩，或意象詩、符號詩不一樣。真要分類歸屬，可說是自傳體的詩集。

每個人都有自己的生命故事，靈魂冒險，情感的愛之欲其生，惡之欲其死，濃烈到化不開的感性，清明至無情的理性。讀妍音的詩集，就如同隨著妍音的心靈成長，順其生命之河流動。展讀她的少年、青年與中年，同時檢視那種年齡時候的自己，究竟想著些什麼？感受著些甚麼？可曾真正品嚐了愁的滋味？

妍音的文字單純中帶著古典與優雅，可能跟她讀中文系，長期古典文學的薰染有關，也可能與她本身的個性氣質有關，文如其人，她的詩與她的人一樣，單純、古典、優雅，閱讀她的詩集，與詩相對，體會如此；聚會與其娓娓對談，感覺亦然。

就先來看妍音少年的詩趣。妍音這時期的詩，其實是帶點少年的輕愁，有點少年老成，對歲月匆匆流逝的敏銳與多感。如〈傷逝〉：

教室外那株鳳凰樹
快攀上窗緣
就這麼無情地跟在我們身後
把那份離意快速拋給我們

鳳凰花開，驪歌輕唱，正是畢業的熱門季節。別離隨著教室外那株鳳凰樹，攀上窗緣，偷偷溜進了少年妍音的心，她回首一望，彷彿才傻頭傻腦踏入校門沒多久，今天就要畢業了，於是她想著，校園每一處曾有的足跡，遺留下些甚麼？又滲雜多少笑聲呢？於是她自問自答，如此寫著：

除了書包裡的書
一轉眼

我就貧窮得一無所有了

既然貧窮得一無所有了，她便覺得這天氣惱人，一滴滴的水珠濕漉了心情，讓情緒陷入一陣陣濕冷的心酸，攪動了愁緒，而自己美麗的十七歲將更行更遠了。妍音沒給我們太多的意象，沒使用非常華麗的文字，卻那樣純真而純粹地，引領我們回到寂寞的十七歲，離愁與細雨依然如似栩栩的年少。

如〈衰老〉，少年人來談衰老，想像的成份居多，然而這份想像與事實有點距離，就很自然而然地產生了距離的美感，想像的空間，非常有純真的詩趣。

鐘聲敲過後
靜息的這一刻

宇宙運行像脫離了軌道
奔往遙遠無人知
且寂靜的空間

年輕而寫詩，因為能夠安靜，安靜下來，聽覺復活，聽！那清晰響亮的，不是與許多同學們玩笑的喧嘩，而是代表時間走動的鐘聲。聽到鐘聲，腦袋清明而清醒，覺得靜息的時刻，宇宙運行像脫離了軌道，奔往遙遠無人知的空間。面對這樣的時刻，時間與空間的巨大、神祕、不可測，挑動了少年的詩心，進入了更深一層的觀察與思索。

室內的死寂，從屋柱角的蜘蛛感染到她，令她感覺沉悶；而屋外建築工人揮動鐵鎚在木板上敲擊的聲音，驚擾著她，一動一靜，成了最強烈的對比與感覺落差，這時候她的思維全部甦醒了。

樹葉不再舞動輕風
小草萎在牆角
寂靜中默默呼吸
凝重了聲響

動與靜，輕與重，都那麼了了分明。或者這一刻的詩人是悟了，所以可更細膩看見長短針競走，感覺歲月無情流逝，而生命在無形中衰老，已無法抓住十七、八歲活潑快樂的青春尾巴了。

接著看妍音青年的詩情。延續少年時期，對歲月匆匆流逝的敏銳與多感，青年的妍音，更成熟地書寫那份對流金歲月的慨歎，而且添加入了鄉愁與思念的元素。我想，這是因為時空背景的瞬間改變，如離家求學，如開始談戀愛，有了一些與少年不知愁不一樣的感懷了。

先來看鄉愁，〈遊子四疊〉是其中的代表。「初唱」中妍音如此寫著：

都說你合當歸去
你卻只讓南台灣的浪潮襲向他人心弦
任一抹長長的盼
仍是長長的盼

盼望與等待開始出現在青年詩情中，而且如複寫紙放在心上一般，不斷地重覆出現。有深深相思的遊子，望著十五的月嘆息，徒然讓菸草味麻醉自己，梟起的迷霧，是淺淺的哀傷。雖知合當歸去，卻只讓風城的風吹亂自己，任家鄉望月的眼，仍只能長長的盼。遊子卻矛盾著思歸的步履，因為遊必有方，還不能衣錦還鄉呢！

「再唱」延續著這樣的勸歸，因為家鄉才是恆久的守護：月圓時候，南方有招喚的手。／莫讓山風拂亂你的深深鄉思／當你自在如流水的走過歲月／捎一份想念給家中張張想望的臉。她如此寫著，希望淡淡的初秋，遊子背起行囊，趕快動身歸去。

「三唱」說：遊子啊！你沉重的思鄉背囊，何時才能解下。當暮色臨了草場，你只遙向遠方，聽聞呼喚的蒼白聲音，把思念託付給十五的月，帶回家鄉給惦念的母親。再怎樣，異鄉與故鄉畢竟不同，人親不如鄉土親，何必執意要做個異鄉人？

「終唱」更想見遊子踏向歸途，奔向南方的母親，可遊子依然只追隨風的影子，依然只哼唱思鄉曲，並沒有付之行動，只是：／憂鬱浮游過的臉龐／總有深深哀傷。總想見遊子立在溫馨的線上，從鬱鬱中展露笑顏，唱著：歸去吧！

再看〈思念〉部分。發現妍音寫這區塊，仍是淡然有情，兩人相隔，有了思念與記掛，卻仍想轉移，將一切拋與永恆。然而終就非草木無情，還是忍不住會回首，以為對方會立在風中，立在燈火闌珊處，卻只見一片空無，遠方路途上盡是茫茫的煙塵。

舉首，明月星空
星子無語，我亦無語
但想見流星的殞落
有你沉沉的呼喚

星子的殞落，與對方沉沉的呼喚呼應，也是心情的寫照，目有所視，心有所感，想來那殞落的聲音何等巨大驚人。而結語創造出反差，她這樣寫著：終究是空無／沒有流星沒有呼喚／只有我思念的話語／響在風中。一語道破，一切只是想像，沒他沉沉的呼喚，只有她思念的話語響在風中，事實與想像如川劇變臉。

整首詩頗有層次上的經營與鋪陳，生動地書寫思念情懷的反反覆覆、矛盾與自以為是。思念就是如此吧！如掛在窗前的風鈴，一旦你動念，有了情感的風，你就無法逃避聽見，思念正叮叮噹噹作響呢！

最後來看妍音中年的詩心，除了少年對歲月匆匆流逝的敏銳與多感，青年的鄉愁與思念，中年又多了生命的歷練與順逆起伏。於是她在詩中注入了關於婚姻的話題，關於親子，關於個人的禪悟與境界提升。

她在〈婚姻〉一詩中這樣寫著：

可以是爭執冷戰
也能是如膠似漆
但濃烈如酒
卻又微酸的情愛
怎麼也無法牛飲

關於親子，她在〈子夜心焦〉中，如似說：

三十八度半
不只是妳漸升的體溫
還是我焦急的心脈

孩子的病毒夜裡悶燒，在初夏無風的子夜，從掌心擴散到脊背，直竄到她美麗的前額，最後落到母親醒著的心眼。當然是一夜不能眠了，孩子的熱燒，就是母親的熱燒，天下父母心，孩子病痛，可能自己更痛。從青少年時只關心自己，提升到關心別人，無私、無我、無悔，更寬廣的關懷，更無怨的包容，自我人格提升了，境界也轉換至大乘的覺他、覺行圓滿。

冰枕只是嘗試降溫
降我心裡的沸騰
在無眠夜半時

冰枕當然無法將一顆沸騰的母親的心降溫，所以她以很直接的方式喊著：孩子／妳忍著喑／天明　天明就看醫生去。

關於個人的禪悟，這時期的妍音，倒是有許多首令人深思的短詩，如〈只有一個音節〉，寫淺嚐的哲學，寫簡單的想念：

依舊止於淺嘗
斟了滿杯的老酒
向晚臨風賦詩
終竟只有一個音節
想
念

如〈酒釀〉，寫冷眼觀察後的生活詩趣與悟：／星空靜默，舔舐夜的涼泉，僅僅一盅冷冽，便暈紅了月兒的臉。先鋪陳星空與夜整個大環境，擬人化，再説夜涼如水如酒，讓月兒醉紅了臉，然後由天上到地上。

倦了的蟬仍在吟唱
夜寐的蛙也還低鳴
是否蟬與蛙都沾染了宿醉

一直扣著酒釀的主題，蟬唱與蛙鳴不停，是否也沾染了宿醉，絮絮醉語不休，呈現相當的詩趣。然後由天由地到人，天地人三者分別與合一的酒釀：／寂寂宇宙覆我／以低沉蟲鳴與深邃夜色／我遂昏昏欲眠。結句更巧妙的起承轉合，這樣問道：難道／所有的物種全浸成了酒釀。讓人讀後，不覺會心莞爾，為之擊節稱許。

讀完整本詩集，彷彿也跟著妍音從少年、青年到中年，感覺如她在〈回眸〉一詩中所寫，哀樂中年時回眸，才發現誤將青春遺留在記憶裡。而那個穿黑鞋白襪，髮長齊耳，裙長過膝的女孩，已白髮徒增了。誠如她所寫：中學或許不精彩也沒趣／單純到不識少年維特／更不曾撬開潘朵拉的神奇寶盒。但至少活過愛過哭過笑過，有了生命的精彩，寫就了生命的一首詩。

寫詩的小說家

喜菡

小說家寫詩，用的不是詩語言，詩中卻有無法否定的深切情意。

妍音的詩，直白而真誠，一般詩人會刻意將詩意含蓄隱藏，而妍音卻是我手寫我心。

詩中看到少年的情緒、青年的情衷、中年的情懷。讀完整本詩集，好似走過妍音的一生，走過你我的一生。少年時對學業對生活的無力，青年時對愛情對鄉愁的迷惘，中年時對子女對婚姻對過往的慨嘆。

每個人的一生或許各有面貌，所以是「詩藏無盡」。但，活過了，回頭看，每段歷程又有公式可套。「覺悟」了這樣的公式，凡事就淡了遠了，筆也就靜了。羨慕妍音仍保有未覺悟前的單純，才能將情感寫得如此繽紛。

〈遊子四疊〉，是詩集中較具結構的。以我對「你」的勸說，寫遊子欲歸不歸的心情。

整本詩集文采豐富無話可說，若多一點虛實轉換，多一點意象經營，多一點文字間、行行間、段落間的跳脫，相信詩質更飽滿，詩趣更足夠。

無盡

妍音

很年輕很年輕時候，我方接觸文學，很容易便跌落在詩的意境裡。詩的文字或許輕靈，但卻總能有扣住我心的力道，我於是陶然在詩的篇章裡。然後少不更事的我，也大膽嘗試，試著為自己營造詩的氛圍，寫下少年不知愁的真純。

由此開啟了我的文學之路，中學時期忒愛創作詩文，蒙老師不棄，或有篇章選入校刊之中，於是更強化了創作的信心。在升學壓力下，偶爾偷空創作反是最佳紓壓良方，黯淡的青春年少因而有了些許趣味與寄託。

穿過窄門進了大學，愛情是另一個必修學分，戀人的心情與語言，大抵不離詩情畫意，包含思念、包含期盼、包含勸慰，在在都能化作詩句，即便在意見相左心有惱怒時，仍然讓詩美化了一切。這時期寫下不少篇幅與他有關，〈遊子四疊〉是殷殷之作，直到現在仍能感知當日之情。

或許因為個性裡遍是無可救藥的浪漫因子，詩，一直是最愛。可我又是一個最願意陪伴孩子的母親，有了孩子之後，照養他們便是我最重要的人生功課，詩，只好暫時鎖進心底的箱子。有很長一段時間我的創作幾乎停頓，因為我不聰敏，一次只能專心一件事，孩子需要父母陪伴的成長期並不長，魚與熊掌，只能擇其一。

後來孩子稍長，再次用心耕耘文學這畝田，為了孩子，我的創作方向略做更動，我所愛的詩，我依舊愛戀，但也依舊暫鎖心扉。即便這一階段，在散文與小說的創作不輟，但心底始終有詩的呼喚，於是彷彿又回到初初與詩相遇的惶惶然，提筆書寫時竟也情怯。

情怯，是害怕生疏了寫詩的能力，因此整理了自少年而青年而中年的部分詩作，盼望因為這一輯，而讓那股對詩的熱情有了依靠，進而穩定心緒，日後讀詩、寫詩，悠悠而成生命裡的一條支流。

目次

第一卷　少年詩趣

第三卷　中年詩心

第一卷

少年詩趣

四季之外

這一季 屬於哪一季？
春？夏？秋？冬？

本然的
它被遺忘在月曆之外
甚至
被自然遺棄在芬芳之外

沒有杜鵑的紅
也無榴花的美
更無睡蓮的嬌　夏荷的媚
這為人所遺忘的季節
不屬於冬梅的堅強
更非秋菊的孤傲
就這麼孤伶伶地
沒有屬於自己的花朵
也沒有自己所屬的日期

只擁有陽光、風、雨
春的朗，夏的熱
秋的爽，冬的寒

摸不清這一季
落在哪一季之後

啊！
四季之外的這一季
是孤獨的一季

傷逝

教室外那株鳳凰樹
快攀上窗緣
就這麼無情地跟在我們身後
把那份離意快速拋給我們

回首一望
彷佛才傻頭傻腦踏入校門
今天就要向畢業做個交代

校園每一處都有我們的足跡
每一個腳印曾遺留甚麼？
每一個腳印又滲雜多少笑聲？

誰曾費心計算，停留在此的
時間是多少個一秒鐘組成
時間就這麼快從腳底溜過
你曾踩住多少
我又曾留存幾許

除了書包裡的書
一轉眼
我就貧窮得一無所有了

惱人的天氣
把一滴滴水珠拋給我們
也讓我們陷入
一股陣陣濕冷的心酸

甩甩頭
想甩去這份感傷
卻反而攪動了愁緒
誰還我美麗的十七歲？

告別

哦
送妳一把眼淚
揮手告別
在這人生道上
（我將無法再見到妳再擁有妳
只因覆水難收）

逝去的不會再回頭了
在我生命的十八寒暑中
妳僅是其中一季
而屬於妳的日子
卻不是無忌的孩提時代
也不是暢遊無拘的輕狂年少
更不是樸直純真的小姑娘了

寂寞嗎？妳搖頭
孤獨？妳仍搖頭
非寂寞非孤獨，僅是
難解的莫名所以

那一段迷惘鬱悶的時光
歲月之輪帶我踩著妳的步調
一起走完這一段青澀的十七歲

儘管屬於妳的日子
我不很快樂，儘管
剛從命運之神手中接下十八歲
但妳仍是我過往生命的一頁
我熱愛的十七歲
珍藏的十七歲

寄語

叮嚀猶在耳際
鼓勵猶在耳際
時光早已不容我再依賴妳些許

突然畏懼聽到鐘聲響起
它敲醒友情的記憶
在這歲月轉頭間隙
妳我將揚長而去

不知來歲牡丹盛開時
再相逢何處

窗外又飄起細雨
這三分春色二分愁的季節
已壓得人幾乎抬不起頭來

我背負對自己的承諾
將去開墾一塊自己的田地
妳說前程光明，只要我們
有邁進的魄力和進取的決心
妳還說保持現狀就是落伍
我會記住　永遠永遠

衰老

鐘聲敲過後
靜息的這一刻
宇宙運行像脫離了軌道
奔往遙遠無人知
且寂靜的空間

室內的死寂
從屋柱角的蜘蛛，感染到我
都一樣感覺沉悶

而與屋外建築工人
揮動鐵鎚在木板上
敲擊的聲響，成了
最強烈最強烈的對比

樹葉不再舞動輕風
小草萎在牆角
寂靜中默默呼吸
凝重了聲響

雖長短針努力競走
才很蝸牛的爬過十五度

但生命卻在無形中
衰老了

流轉

昨日的昨日
在我腦中存留一片記憶
歲月的匆促教人感懷

春天早躲得無影無蹤
炎夏的餘威似有還無
是否入秋了？

沙沙的風聲捲起煙霧
揚起塵埃
足以蒙蔽一切

日子！日子！
踏在腳底下
流水般去也匆匆

流鼻涕的時候
已遙遙無法抓住
十八歲的尾巴

插曲

童年　一首幼小的歌
匆匆消失在成長的季節
曾經唱過的兒歌，莫名
沉落在歲月之流，任妳
如何撈尋，再也
撈不起任何一個音符

曾經綴滿朵朵笑雲的臉龐
而今安在？
那鑲在夢中的微笑
又何處隱身了呢？

妳哪裡數得清
人間燈火，天上星辰
妳又哪能丈量
歲月的白髮究竟有多長？

於是無可奈何地
在歲月的環抱下
滾出了童年

虛無

沒有了太陽
月亮存在否？
借光的日子
月亮是否笑過？

落幕時
誰躲在台後哭泣？

靦腆的臉孔
會是一齣喜劇或悲劇？
撫拾昨日的零星種種
該哭？該笑？

是了解灌溉的綠樹
是關懷培育的花朵
藏於虛無中的輕言細語
情意無限

咬碎了昨夜
今日的盟約織不起未來
沉睡的星子
再也不往上爬升

懷想

愉悅編成一首歌
時光卻注入記憶小河
走過你我臉頰的紅潤
好似還正浮游著

踏響五線譜上的音符
抖落
梗在你我之間的陌生

串笑語成珠簾
唱奔竄心潮的音韻

而回首時
依稀是笑醉了的夜
仰天一望
滿佈於東方的曙光
耀亮曾經酣眠的眼皮

轉變

陰鬱的窗
隔著冷寒與燈光
暖流奔騰於胸膛
卻是楊柳擺脫了風的魔手
撩起更冷的一陣寒

一個小女孩
搖著無帆的紙船

掇拾一籃春的腳步
從她泛紅的臉頰
溢出了一波波清純的笑意

放射的溫暖
透過玻璃窗
浮游我臉龐
寒冷因此回家了

五月

艷陽天
茉莉吐芽綻放芬芳

寫一片清純
於滿載青春的花瓣
拋向萬里晴空
一個幸福的季節
隨手便可牢牢接住

梅子初熟
日日飄著細雨
弄縐了衣裳
弄縐了心情

酸酸的味道
從天上的雲朵飄到
樹上的梅子
感染了整個人

紅紅的太陽
和著吱喳的蟬鳴

於是悶熱的風來了
（甩甩頭
丟去五月的煩惱）

春寒

柳梢揚起了風的微寒
淡淡如柳絲的綠
緣於橫排的柳
直排的柳，樹蔭下
曾有過多少青春之夢？

細細柳條盪著細細的風
樹下乘涼的人們啊！

是否抓住了柳的飄逸？
是否有著自己的夢？

乘涼的人們走了
夢也跟著失蹤
橫排的柳，換個角度
卻是直排的柳
都撩起了淡淡的輕愁

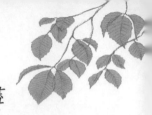

烏溪

烏溪橋下
淺淺地躺著幾輪水渦
禿禿的石頭
高高的蘆葦
迎在風中
向空曠的藍天頂禮

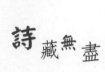

靜流的烏溪
纏綿著古老的故事
明朗的季候
她只是乾枯的空殼
狂風驟雨來時
她便復活
凶悍吞噬了人們的路

烏溪烏溪
縱是荒涼
卻也仍將生命交付大海

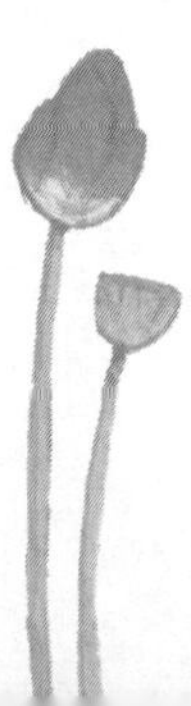

嚼根

你我的手
都滿抓一把
無聲無息的歲月
流竄在記憶之中

在陌生人的催促裡
右腳剛踏出
左腳就跟上

匆忙間數過了
拖著鼻涕的小弟弟
赤著腳的小妹妹

於是一道時光之流
無情奔騰
你仍繼續
任歲月在臉上刺青

不能磨滅的

環繞一個四季之後
又見同樣的朗朗雲天
不能磨滅的影像
更深深埋入心底

如果挽得住
小徑上的足跡

如果還能咀嚼不放糖的碎冰
如果還能擁有同樣的日子
……
唯有
記憶簿搜尋

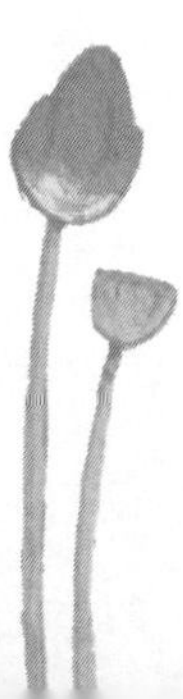

第二卷

青年詩情

企盼

守候一個靜靜的下午
雲很淡
風很輕
而沉落的卻是
心底深深的企盼

行向黃昏的時刻
寂寂一如被人遺忘

不見夕陽
不見落霞
只有款款微涼的風

依舊是淺嚐
一杯未斟的老酒
依舊想臨風賦詩
終竟只完成一個章節

思念

驀地
想將一切拋與永恆
而回首
只有茫茫煙塵
卻不見你立在風中

探問著
你在何處

暮色染紅了大地
歸來的雁回答的
仍是你在何處

舉首，明月星空
星子無語，我亦無語
但想見流星的殞落
有你沉沉的呼喚

終究是空無
沒有流星沒有呼喚
只有我思念的話語
響在風中

風起時

風起時
輕輕掀起長長的髮絲
拂動掛在每一張臉上的微笑

風起時
掠過青青草地
掠過山坡

青春奔流而過時
喚起了陣陣和諧的清純
而風起時
走過的日子已不再回頭

風起時
正把縷縷懷思
拋給了十八尖山下片片綠地

風起時
每一個微笑都有淺淺的愁意
都想挽留住每一吋時光
卻也只能一步踏成永恆

而風起時
只有揮手道別

向陽

踏過第二季盛夏時仍蹣跚
宜園的故事又多一則
風擺動的樹梢
正掛著一個整數的年紀

昂首間，仍驕傲著宜園
仍喜悅著走入奇異世界
有新鮮氣息盈滿全身

更有美妙的音符跳動在
五線譜的外一章

春夏秋冬只是一個季節
有涼意，有溫暖
鳳凰花開後，又一度的泣血
搖落蒼翠生出的第一枝新綠
便是完整圓滿的生命

畫圓

夏日的烈焰熾熱著
列車在軌道上奔馳著
就把各方的心都牽向同一個圓心

於是相逢於十八尖山下的園地
如此而將南北方向畫成重疊的點
如此而將學習的果實裝在行囊內
如此更將機緣寫在人生記憶中

當方向又拉成相背的兩個圓時
山風吹亂閑愁
再來的是堅強信心

再來的更是新氣息的小小圓圈
像霓虹般散放異彩
更如雨後彩虹的清新之美
於是絢亮了大家的心

曾經是尖山下小圓心的一點
曾經是畫圓的手
如今更是畫圓的人
縱使畫出的圓有缺憾
也仍舊是圓的線條

遊子四疊

初唱

都說你合當歸去
你卻只讓南台灣的浪潮襲向他人心弦
任家鄉一抹長長的盼
仍是長長的盼

你依然是心有深深相思的遊子
依然是望著十五的月嘆息
只任不解的目光在你臉上駐足
你卻固執不言一語

徒然讓菸草味麻醉自己的遊子
裊起的迷霧中有淺淺哀傷
你仍想咬碎它
竟是碎成了滿心愁緒
而你依舊不讓悲傷被人讀出

都勸你合當歸去
你卻只讓風城的風吹亂自己

再唱

任家鄉望月的隻隻眼睛
仍只能長長的盼

仍勸你歸去
只因家鄉才是恆久的守護
月圓的時候
南方有招喚你的手

莫讓山風拂亂你的深深鄉思
當你自在如流水的走過歲月
捎一份想念給家中張張想望的臉

三唱

都勸你歸去
在淡淡的初秋
淡淡的雲天有淡淡的鄉愁
你且揹起遊子行囊
走向漫漫歸去之途

十五過後仍有月圓
遊子啊！你沉重的思鄉背囊
何時才能解下

不願見濃眉後的深鎖
有無能言喻的悲愁
而你卻固執的獨自嚼食
嚼食深深鄉愁

當暮色臨了草場
你只是遙向遠方你的來處
向呼喚的蒼白聲回答
只是把思念託給十五的月
帶回家鄉給惦念的母親

終唱

行向十五的月圓圓
回鄉的歸人圓圓
唯你
仍是獨自臨風嗟嘆的異鄉人

總想見你踏向歸途
奔向南方母親雙手圈護的家
而你卻只給了我風城的風
只告訴我山下的日子

你依然只追隨風的影子
依然只哼唱思鄉曲
一如家鄉的企盼
仍只能曳成長長的
不能成圓的盼

憂鬱浮游過的臉龐
總有深深哀傷
而你卻如故的搖頭
只為了我所不知的前塵舊事

總想見你立在溫馨的線上
也想見你從鬱鬱中展露笑雲
想像中南台灣的浪潮正襲捲著你
你且歸去吧
遊子

異鄉人

總算踏向家鄉的路
你帶著悵惘走去
只因團圓僅祇是短暫
其後仍籠上長長的離愁

團圓的戲因你而短暫
親情滋潤只能蜻蜓點水

你咀嚼著心痛
又一次大步跨出溫暖家門

還是走在異鄉的路途
你依舊獨自餐風飲露
縱然山風是你熟悉的老友
你仍是異鄉人

回首

回首
是一個軟綿綿的夏季
躺在翠綠的番石榴林

熟透的果實
是一個個少年的夢
軟香　軟香

當歲月不再
走出林子
也走出了童年

徒然嘆盡千山萬水
仍是相背方向
縱然滑盡綿長軌道
相逢仍只是一剎

不揮手
也不帶走雲彩
陽關道獨木橋依舊是兩種行程

覓

是誰的眸子
深深飲下浸久的夜泉
是誰的手
正擰起一把靜謐的黑暗

當山風行過寬寬的草原
也正擎起記憶的網

想再回頭望一望
驚覺方向又成南北

仍舊是那個踏亂一地綠的遊子
也仍舊是那個初離家園的女孩
擦肩而過時
竟似曾相識

會是誰的眸子
在深夜中覓尋
又會是誰的手
正企待拾起一條不打結的絲繩

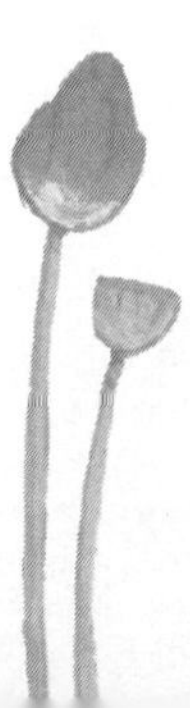

永恆

倘使剎那即是永恆
便不需長久拂不去的記憶
又何必眷戀
眷戀流逝的舊日

一旦紅顏嵌上歲月
只道是生命光華永在
又何必哀傷衰老

泥上偶留的爪痕
可以深印心田
而鴻雁一飛
又是一處天空

偶然
短暫如剎那的凝眸
卻教人
恆藏一生

停息

誰說射出的箭必能折回
走過的路終也不能重踏
而捎去的音息
怎也激不起回聲

若黎明與黃昏有一線牽
也難將東山旭日與西斜雲霞
共作規律的拍擊

況人際間淡淡如輕羽的關係
更莫期待射出的箭端
折回時有一張拾者的話

就算一切運轉都無誤
也難繫住每一根絲絃
每一種寄望
也只是期盼
結果仍寫在風中

沐

暮色來臨時候
彩霞不知了去向
當太陽隱入山的那一端時
屋頂尖的炊煙
已舞在灰藍的天空

燕子歸巢時候
窩中有了溫暖

當黑夜封鎖大地之後
屋簷下的親愛
歌於昏黃的小燈下

涼涼的風裡吹起了團聚
玻璃窗外的漆黑
吞不了瓦下的歡笑

熄了最後一盞燈
黑暗中猶有光輝

秋夜

當微涼的風拂過臉頰時
秋天在我腳下旋盪
轉一個彎
竟聽不到夏蟬的鳴叫

黃昏的彩霞匆匆離去
黑暗的幕帳落下如雨紛飛
夜的淒清掀著薄薄窗帘
透出冰寒的夜氣

懷十八尖山

踩一地的凹凸
拋一回喜悅給山邊的草
午後仍有燦爛陽光
和著歌聲
把足跡點向低低的十八尖山

山風拂來的清涼
一如欲滴的泉

年輕如我們
豪放的把歌聲直向高高的雲天衝去

蜿蜒的小路
延續著古老的故事
行向黃昏的色彩
是尖山獨有的美麗

再回草場時
只能在暮色中遙對那山
重重撒下相思

今夕何年

不想見中秋的月
縱使月仍神秘
縱使嫦娥仍在
中秋的月亦只圓圓
如尋常十五的月

縱想把酒問青天
亦只因月的寂寂而退卻

已無法起舞弄清影了
今夕縱有明月
亦只是圓圓的十五滿月

遠古時代讚頌的月如今流落何方？
為長生而奔月的嫦娥今宵又在何處？
月又回復到只是一個空空的巢
那傳說中的白兔
那個終年伐著樹的吳剛
竟也神秘的失蹤了

千年來
想踏上雲端一手摘月的癡人哪

可曾撫過原應光滑卻是多皺的月
夢幻中的美麗仙宮
也只是個不能生存的空洞世界
許久以來
卻是多人夢想有朝一日能夠入住

縱能乘風而去
亦不願飛向
黑暗中的那個圓圓地方
縱使它有明亮的光
也只是尋常十五的月

如夢

掀起簾角時的淒清
不是窗外描繪的黑暗
只以為鄰人彈奏的琴韻
是世上最美妙的樂音
於是沉醉深深

方是深夜
低低蟲鳴和

涼涼夜風撩亂睡意
街燈下的人影
頎長如燈柱
訪夜的人哪
怎禁得起夜露透溼

夜仍深深
琴聲仍滿城
訪夜的人依然佇立
拉下簾幔時的淒清
不在關住的窗外世界

思念

浮雲掠過的天際
沒有歸來的雁
讀不出雲中有否織錦的文字
而惦念正深深
深深地埋下

水自是悠悠流去
拍岸而起的浪花

只許了短暫的生命
但就有了說不盡的美采

落日蘊著紅霞
傍山而正緩緩
緩緩地西斜
蜿蜒小徑上踏響的足聲
與黃昏跌落山谷的笑語
繪成了動人的畫

而今
守著窗兒獨自怎生得黑的悵惘
如何能向夕陽道盡

捻亮案前小燈
泛黃的光伴來自窗外涼涼的風
思念於是在幽暗中探索
遠在南方古城那張安靜的臉

燈下影像冷冷如靜死
想千載後
剝蝕的墓碑裡
有否如是的憶念

重遊

再臨這座小鄉鎮
記憶是不回頭的時光
只是枇杷依然滿山
地名如舊懸起通向兩頭的吊橋

可愛的頭汴坑啊
環繞蒼翠的山崗、蒼翠的樹
小路旁低矮屋簷下

有濃郁化不開的溫情
一如我濃濃的愛戀頭汴坑

車子抖跳過未鋪柏油的路面
震得玻璃窗與我的心欲碎
當一切靜止在奇特蝙蝠洞邊
尋不到舊日清淺和惱人的碎石路

而青山依舊
只是時光啊
一去不回頭

更進一杯酒

但聽你透過風中的沉沉話語
足令我閒下工夫
在月明人靜時覓尋
覓尋酒後微醒的淡淡苦味
淡淡甘甜

滿斟一杯醇香的清酒
便也飲盡了相思

留不住你
一如留不住的春天

陽關三疊的幽傷寫在風中
任西出陽關無故人的寂寞
侵襲你也不要回頭

不要回頭
回頭只是一張浸了酒的臉

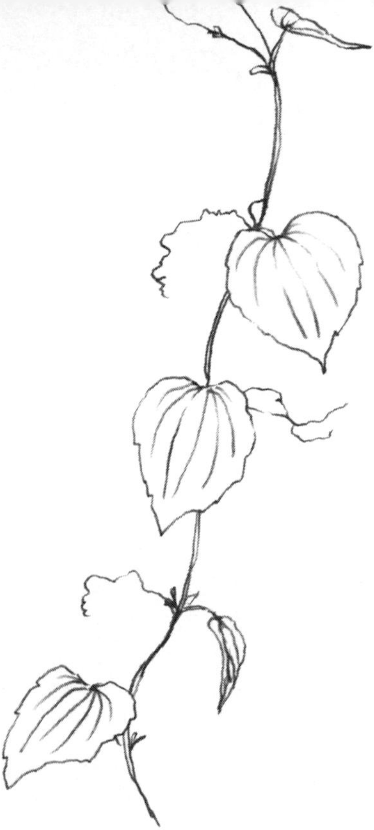

第三卷

中年詩心

婚姻

是冤仇結深？
是因緣牽線？
褪去白紗之後
注定是一生
怨懟也罷！
珍惜也罷！

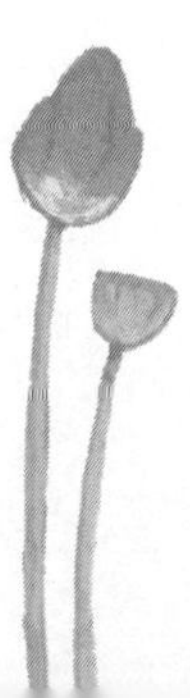

闔上雙眼之後
沉澱成歷史

可以是爭執冷戰
也能是如膠似漆
但濃烈如酒
卻又微酸的情愛
怎麼也無法牛飲

永恆

拿橡皮擦
可以拭去名字
用立可白
能夠遮掩影像

在歲月
漸漸溶蝕青春後
為什麼
你仍鐫刻我心裡

春，暫時淹沒雪堆裡

春，在哪兒？
我開窗問
剛剛探頭的櫻花顫抖得墜落

冷風摜了我一下
便竄進山裡
作怪的在山頂上
捲起一朵朵雪花

我遂想起
滿山花信時
便是春來了

於是關起窗不再傻問
刺寒的風卻急急拍窗
彷彿要告訴我
春，只是暫時淹沒雪堆裡

愛煞紅豆

別說南國紅豆惹相思
明知殷紅如泣血

仍然愛煞紅豆

許是豔紅才夠熱烈
相悅的情必是烈如火

撲身而去的飛蛾
以火紋身
方能燒煉出透光的紅

子夜心焦

三十八度半
不只是妳漸升的體溫
還是我焦急的心脈

病毒夜裡悶燒
在初夏無風的三更
從妳的掌心擴散到脊背

再直竄妳美麗的前額
最後落到我醒著的心眼

冰枕只是嘗試降溫
降我心裡的沸騰
在無眠夜半時

孩子
妳忍著唷
天明　天明就看醫生去

臨摹相思

憑風探問
款款輕風款款吹
獨不見東風吹來記憶的顏

銜雲青鳥
僅僅攜來涼意
忘卻該研磨一只墨

好開展一頁雲箋
讓人臨摹滿天的相思

潑墨的暮色裡
東風尚無力掀起花顏
點點星空寂寂照無眠

無眠是一曲思念的歌
譜不出醉人旋律
唯有月夜裡呢喃的心語
無端教蒼天添了憔悴

淒絕

狂奔而下的雨
潺潺不盡
如我胸臆間綿延的長河
戀深深你舔舐的
最初那個吻

天色依舊濛灰
洩千里無以承接的血淚

肉身猶在，都付苦雨悲咽
歡顏慘黛一瞬拋別
念去去我難捨的
最後一抹盼

淒絕
不只是雨未歇
更為誰

無盡

五月的榴花般紅
六月的鳳凰泣血
訴說無盡的無以名之的纏綿

窄狹的陽關道
孤兀的獨木橋
走著無能牽挽盡心的挽留

千山萬水嘆盡徒然
相逢只是遙不可及的夢
不揮手便帶不走雲彩
唯心版刻印恆久的關懷

第二卷
中年詩心

只有一個音節

依舊止於淺嘗
斟了滿杯的老酒
向晚臨風賦詩
終竟只有一個音節
想
念

你是一首詩（隱題詩三疊）

首疊

你揮揮衣袖
是遠飄的鳶鳥
一任翹起癡傻
首句便成咽
詩成淚滿腮

次疊

你
是否
一般情
首夜便做
詩心共纏綿

三疊

你默然離開不曾迴身
是合該幽幽夢醒
一回眸仍繫
首日的
詩

長巷盡頭

一步
兩步
三步
還要多少步
我才能夠靠近你

長巷的盡頭
你是否等在那兒

春泥

是燒爛的冬雪
是掘翻的酒窖
半關的眼　微酸
一把清淚　如浪
去夏飛出窗鏡的你
向風
可聽出我鼻音的愛

回眸

回眸
才發現將青春遺留在記憶裡
卻忘卻
和青澀的十七盟山誓海
約定不老

遙想埋首書冊的日子
笑聲偶爾穿牆而去
惹紅了木棉花絮
搖落了她的笑意

黑鞋白襪
髮長齊耳
裙長過膝
中學或許不精彩也沒趣
單純到不識少年維特
更不曾撬開潘朵拉的神奇寶盒

以為年少只是過客
卻在中歲的回眸裡
照見一扇恆久的門扉
沉落心底

另一種相思

不曾對望凝眸
卻寫作相看不厭
兩不厭的
是情
默默流經兩處心間

不曾互訴情衷
倒也吟唱了相思

共相思的
是夢
暗暗飛繫彼此想念
合該盟約今世
抑或回顧前生

心經

觀自在
行深般若波羅蜜多時
照見了
五蘊翻滾浪潮

回頭再看一眼

愛裡浮沉

是紅塵
墜落無明貪嗔癡

靜心佛法攝受
透徹清明
是菩提
修持無上戒定慧

書生儷人
俗世的塑雕琉璃
放下時
心
便無罣礙

酒釀

星空靜默
舔舐夜的涼泉
僅僅一盅冷冽
便暈紅了月兒的臉

倦了的蟬仍在吟唱
夜寐的蛙也還低鳴
是否蟬與蛙都沾染了宿醉

寂寂宇宙覆我
以低沉蟲鳴與深邃夜色
我遂昏昏欲眠

難道
所有的物種全浸成了酒釀

夢醒三更

夢醒三更
成了翹首之姿
午夜的鐘
敲出相思

一響思念
再響銘心
三響刻骨

三更夢醒
該以什麼為枕
枕出下一場愛情

第三卷
中年詩心

深情

該藏住什麼
青春或是愛情

歲月提起腳跟
輕輕走出生命許多年
髮際便添了白雪

再也回不來的
那一頁最初
或許四季染了魔法
教人遺忘了單純

如果歲月重來
如果青春再現
當我行向天涯時
君願同行否

相遇

回眸
看見你的身影
在我觸不到的遙遠彼端

你微笑
綻開一朵思念的花

遂不能忘記
那一年夏日燠熱裡
的相遇

放手

水湄
被浪皺了眼
山巔
為雪白了頭
街市
因風寒了臉
你呀
怎的焦了心

逐浪之後
水紋風不動
雪融之後
山依舊挺立
回暖之後
光如昔四射
轉身之後
是否該放手

你是一首詩

在一本詩集裡遇見你
是遙遠的青春記事
但我依然記得
記得青青河邊草綿綿思遠道
我依然記得
信箋裡你寫著山風窗痕和人影

第三卷
中年詩心

於是再也拂不去了
久遠的少年記憶
從我在詩集裡遇見你之後

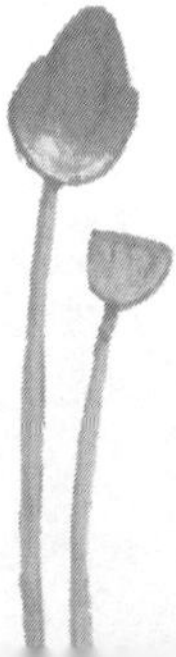

國家圖書館出版品預行編目

詩藏無盡 / 妍音著. -- 一版. -- 臺北市：秀威資訊科技，2009.10
面；　公分. -- (語言文學類；PG0291)
BOD版
ISBN 978-986-221-310-0 (平裝)

851.486　　98017974

BOD Books on Demand　語言文學類　PG0291

詩藏無盡

作　　者 / 妍　音
發 行 人 / 宋政坤
執行編輯 / 黃姣潔
圖文排版 / 蘇書蓉
封面設計 / 陳佩蓉
數位轉譯 / 徐真玉　沈裕閔
圖書銷售 / 林怡君
法律顧問 / 毛國樑　律師
出版印製 / 秀威資訊科技股份有限公司
台北市內湖區瑞光路583巷25號1樓
電話：02-2657-9211　傳真：02-2657-9106
E-mail：service@showwe.com.tw
經 銷 商 / 紅螞蟻圖書有限公司
台北市內湖區舊宗路二段121巷28、32號4樓
電話：02-2795-3656　傳真：02-2795-4100
http://www.e-redant.com

2009年 10月　BOD一版
定價：190元

讀　者　回　函　卡

感謝您購買本書，為提升服務品質，煩請填寫以下問卷，收到您的寶貴意見後，我們會仔細收藏記錄並回贈紀念品，謝謝！

1.您購買的書名：＿＿＿＿＿＿＿＿＿＿＿＿＿＿

2.您從何得知本書的消息？

□網路書店　□部落格　□資料庫搜尋　□書訊　□電子報　□書店

□平面媒體　□ 朋友推薦　□網站推薦　□其他＿＿＿＿＿

3.您對本書的評價：(請填代號　1.非常滿意 2.滿意 3.尚可 4.再改進)

封面設計＿＿　版面編排＿＿　內容＿＿　文/譯筆＿＿　價格＿＿

4.讀完書後您覺得：

□很有收獲　□有收獲　□收獲不多　□沒收獲

5.您會推薦本書給朋友嗎？

□會　□不會，為什麼？＿＿＿＿＿＿＿＿＿＿＿＿＿＿＿＿

6.其他寶貴的意見：＿＿＿＿＿＿＿＿＿＿＿＿＿＿＿＿＿＿＿

＿＿＿＿＿＿＿＿＿＿＿＿＿＿＿＿＿＿＿＿＿＿＿＿＿＿＿

＿＿＿＿＿＿＿＿＿＿＿＿＿＿＿＿＿＿＿＿＿＿＿＿＿＿＿

＿＿＿＿＿＿＿＿＿＿＿＿＿＿＿＿＿＿＿＿＿＿＿＿＿＿＿

讀者基本資料

姓名：＿＿＿＿＿＿＿＿＿　年齡：＿＿＿　性別：□女　□男

聯絡電話：＿＿＿＿＿＿＿＿　E-mail：＿＿＿＿＿＿＿＿＿

地址：＿＿＿＿＿＿＿＿＿＿＿＿＿＿＿＿＿＿＿＿＿＿＿

學歷：□高中(含)以下　□高中　□專科學校　□大學

□研究所(含)以上　□其他＿＿＿＿＿＿＿

職業：□製造業　□金融業　□資訊業　□軍警　□傳播業　□自由業

□服務業　□公務員　□教職　□學生　□其他＿＿＿＿＿